D0735120

UNIVERSALE
ECONOMICA
FELTRINELLI

Opere di Alessandro Baricco:

Il genio in fuga. Sul teatro musicale di Rossini (Il Melangolo, 1988)
Castelli di rabbia (Rizzoli, 1991; Feltrinelli, 2007)
L'anima di Hegel e le mucche del Wisconsin (Garzanti, 1992; Feltrinelli, 2009)
Oceano mare (Rizzoli, 1993; Feltrinelli, 2007)
Novecento (Feltrinelli, 1994)
Barnum. Cronache dal Grande Show (Feltrinelli, 1995)
Seta (Rizzoli, 1996; Feltrinelli, 2008)
Barnum 2. Altre cronache dal Grande Show (Feltrinelli, 1998)
City (Rizzoli, 1999; Feltrinelli, 2007)
Senza sangue (Rizzoli, 2002; Feltrinelli, 2009)
Next. Piccolo libro sulla globalizzazione e sul mondo che verrà (Feltrinelli, 2002)
Omero, Iliade (Feltrinelli, 2004)
Questa storia (Fandango, 2005; Feltrinelli, 2007)
I barbari. Saggio sulla mutazione (Fandango, 2006; Feltrinelli, 2008)
Emmaus (Feltrinelli, 2009)
Mr Gwyn (Feltrinelli, 2011)
Tre volte all'alba (Feltrinelli, 2012)
Una certa idea di mondo (Gruppo Editoriale L'Espresso, 2012; Feltrinelli, 2013)
Palladium Lectures (2 dvd + libro; Feltrinelli, 2013)
Smith & Wesson (Feltrinelli, 2014)
La Sposa giovane (Feltrinelli, 2015)
Il nuovo Barnum (Feltrinelli, 2016)
Seta, edizione illustrata da Rébecca Dautremer (Feltrinelli, 2016)
Melville. Tre scene da Moby Dick, con Ilario Meandri (Fandango, 2009; Feltrinelli, 2017)
The Game (Einaudi, 2018)

ALESSANDRO BARICCO
Seta

© Giangiacomo Feltrinelli Editore Milano
Prima edizione nell'"Universale Economica" Feltrinelli
agosto 2008
Sedicesima edizione novembre 2018

Stampa Nuovo Istituto Italiano d'Arti Grafiche - BG

ISBN 978-88-07-88089-6

www.feltrinellieditore.it
Libri in uscita, interviste, reading,
commenti e percorsi di lettura.
Aggiornamenti quotidiani

razzismobruttastoria.net

1.

Benché suo padre avesse immaginato per lui un brillante avvenire nell'esercito, Hervé Joncour aveva finito per guadagnarsi da vivere con un mestiere insolito, cui non era estraneo, per singolare ironia, un tratto a tal punto amabile da tradire una vaga intonazione *femminile*.

Per vivere, Hervé Joncour comprava e vendeva bachi da seta.

Era il 1861. Flaubert stava scrivendo *Salammbô*, l'illuminazione elettrica era ancora un'ipotesi e Abramo Lincoln, dall'altra parte dell'Oceano, stava combattendo una guerra di cui non avrebbe mai visto la fine.

Hervé Joncour aveva 32 anni.

Comprava e vendeva.

Bachi da seta.

2.

Per la precisione, Hervé Joncour comprava e vendeva i bachi quando il loro essere bachi consisteva nell'essere minuscole uova, di color giallo o grigio, immobili e apparentemente morte. Solo sul palmo di una mano se ne potevano tenere a migliaia.

"Quel che si dice avere in mano una fortuna."

Ai primi di maggio le uova si schiudevano, liberando una larva che dopo trenta giorni di forsennata alimentazione a base di foglie di gelso, provvedeva a rinchiudersi nuovamente in un bozzolo, per poi evaderne in via definitiva due settimane più tardi lasciando dietro di sé un patrimonio che in seta faceva mille metri di filo grezzo e in denaro un bel numero di franchi francesi: ammesso che tutto ciò accadesse nel rispetto delle regole e, come nel caso di Hervé Joncour, in una qualche regione della Francia meridionale.

Lavilledieu era il nome del paese in cui Hervé Joncour viveva.

Hélène quello di sua moglie.

Non avevano figli.

3.

Per evitare i danni delle epidemie che sempre più spesso affliggevano gli allevamenti europei, Hervé Joncour si spingeva ad acquistare le uova di baco oltre il Mediterraneo, in Siria e in Egitto. In ciò dimorava il tratto più squisitamente avventuroso del suo lavoro. Ogni anno, ai primi di gennaio, partiva. Attraversava milleseicento miglia di mare e ottocento chilometri di terra. Sceglieva le uova, trattava sul prezzo, le acquistava. Poi si voltava, attraversava ottocento chilometri di terra e milleseicento miglia di mare e rientrava a Lavilledieu, di solito la prima domenica di aprile, di solito in tempo per la Messa grande.

Lavorava ancora due settimane per confezionare le uova e venderle.

Per il resto dell'anno, riposava.

4

– Com'è l'Africa? – gli chiedevano.

– Stanca.

Aveva una grande casa subito fuori del paese e un piccolo laboratorio, in centro, proprio di fronte alla casa abbandonata di Jean Berbeck.

Jean Berbeck aveva deciso un giorno che non avrebbe parlato mai più. Mantenne la promessa. La moglie e le due figlie lo abbandonarono. Lui morì. La sua casa non la volle nessuno, così adesso era una casa abbandonata.

Comprando e vendendo bachi da seta, Hervé Joncour guadagnava ogni anno una cifra sufficiente per assicurare a sé e a sua moglie quelle comodità che in provincia si è inclini a considerare lussi. Godeva con discrezione dei suoi averi e la prospettiva, verosimile, di diventare realmente ricco lo lasciava del tutto indifferente. Era d'altronde uno di quegli uomini che amano *assistere* alla propria vita, ritenendo impropria qualsiasi ambizione a *viverla*.

Si sarà notato che essi osservano il loro destino nel modo in cui, i più, sono soliti osservare una giornata di pioggia.

5.

Se gliel'avessero chiesto, Hervé Joncour avrebbe risposto che la sua vita sarebbe continuata così per sempre. All'inizio degli anni Sessanta, tuttavia, l'epidemia di pebrina che aveva reso ormai inservibili le uova degli allevamenti europei si diffuse oltre il mare, raggiungendo l'Africa e, secondo alcuni, perfino l'India. Hervé Joncour tornò dal suo abituale viaggio, nel 1861, con una scorta di uova che si rivelò, due mesi dopo, quasi totalmente infetta. Per Lavilledieu, come per tante altre città che fondavano la propria ricchezza sulla produzione della seta, quell'anno sembrò rappresentare l'inizio della fine. La scienza si dimostrava incapace di comprendere le cause delle epidemie. E tutto il mondo, fin nelle sue regioni più lontane, sembrava prigioniero di quel sortilegio senza spiegazioni.

– *Quasi* tutto il mondo – disse piano Baldabiou. – Quasi – versando due dita di acqua nel suo Pernod.

6.

Baldabiou era l'uomo che vent'anni prima era entrato in paese, aveva puntato diritto all'ufficio del sindaco, era entrato senza farsi annunciare, gli aveva appoggiato sulla scrivania una sciarpa di seta color tramonto, e gli aveva chiesto
– Sapete cos'è questa?
– Roba da donna.
– Sbagliato. Roba da uomini: denaro.
Il sindaco lo fece sbattere fuori. Lui costruì una filanda, giù al fiume, un capannone per l'allevamento di bachi, a ridosso del bosco, e una chiesetta dedicata a Sant'Agnese, all'incrocio della strada per Vivier. Assunse una trentina di lavoranti, fece arrivare dall'Italia una misteriosa macchina di legno, tutta ruote e ingranaggi, e non disse più nulla per sette mesi. Poi tornò dal sindaco, appoggiandogli sulla scrivania, ben ordinati, trentamila franchi in banconote di grosso taglio.
– Sapete cosa sono questi?
– Soldi.
– Sbagliato. Sono la prova che voi siete un coglione.
Poi li riprese, li infilò nella borsa e fece per andarsene.
Il sindaco lo fermò.
– Cosa diavolo dovrei fare?

– Niente: e sarete il sindaco di un paese ricco.

Cinque anni dopo Lavilledieu aveva sette filande ed era diventato uno dei principali centri europei di bachicoltura e filatura della seta. Non era tutto proprietà di Baldabiou. Altri notabili e proprietari terrieri della zona l'avevano seguito in quella curiosa avventura imprenditoriale. A ciascuno, Baldabiou aveva svelato, senza problemi, i segreti del mestiere. Questo lo divertiva molto più che fare soldi a palate. Insegnare. E avere segreti da raccontare. Era un uomo fatto così.

7.

Baldabiou era, anche, l'uomo che otto anni prima aveva cambiato la vita di Hervé Joncour. Erano i tempi in cui le prime epidemie avevano iniziato a intaccare la produzione europea di uova di baco. Senza scomporsi, Baldabiou aveva studiato la situazione ed era giunto alla conclusione che il problema non andava risolto, ma aggirato. Aveva un'idea, gli mancava l'uomo giusto. Si accorse di averlo trovato quando vide Hervé Joncour passare davanti al caffè di Verdun, elegante nella sua divisa da sottotenente di fanteria e fiero nella sua andatura da militare in licenza. Aveva 24 anni, allora. Baldabiou lo invitò a casa sua, gli squadernò davanti un atlante pieno di nomi esotici e gli disse

– Congratulazioni. Hai finalmente trovato un lavoro serio, ragazzo.

Hervé Joncour stette a sentire tutta una storia che parlava di bachi, di uova, di Piramidi e di viaggi in nave. Poi disse

– Non posso.

– Perché?

– Fra due giorni mi finisce la licenza, devo tornare a Parigi.

– Carriera militare?

– Sì. Così ha voluto mio padre.

– Non è un problema.

14

Prese Hervé Joncour e lo portò dal padre.

– Sapete chi è questo? – gli chiese dopo essere entrato nel suo studio senza farsi annunciare.

– Mio figlio.

– Guardate meglio.

Il sindaco si lasciò andare contro lo schienale della sua poltrona in pelle, incominciando a sudare.

– Mio figlio Hervé, che fra due giorni tornerà a Parigi, dove lo attende una brillante carriera nel nostro esercito, se Dio e Sant'Agnese vorranno.

– Esatto. Solo che Dio è occupato altrove e Sant'Agnese detesta i militari.

Un mese dopo Hervé Joncour partì per l'Egitto. Viaggiò su una nave che si chiamava *Adel*. Nelle cabine arrivava l'odore di cucina, c'era un inglese che diceva di aver combattuto a Waterloo, la sera del terzo giorno videro dei delfini luccicare all'orizzonte come onde ubriache, alla roulette veniva fuori sempre il sedici.

Tornò due mesi dopo – la prima domenica di aprile, in tempo per la Messa grande – con migliaia di uova tenute tra la bambagia in due grandi scatole di legno. Aveva un sacco di cose da raccontare. Ma quel che gli disse Baldabiou, quando rimasero soli, fu

– Dimmi dei delfini.

– Dei delfini?

– Di quando li hai visti.

Questo era Baldabiou.

Nessuno sapeva quanti anni avesse.

8

– *Quasi* tutto il mondo – disse piano Baldabiou. – Quasi – versando due dita di acqua nel suo Pernod.

Notte d'agosto, dopo mezzanotte. A quell'ora, di solito, Verdun aveva già chiuso da un pezzo. Le sedie erano rovesciate, in ordine, sui tavoli. Il bancone l'aveva pulito, e tutto il resto. Non c'era che spegnere le luci, e chiudere. Ma Verdun aspettava: Baldabiou parlava.

Seduto di fronte a lui, Hervé Joncour, con una sigaretta spenta tra le labbra, ascoltava, immobile. Come otto anni prima, lasciava che quell'uomo gli riscrivesse ordinatamente il destino. La sua voce gli arrivava debole e nitida, sincopata dai periodici sorsi di Pernod. Non si fermò per minuti e minuti. L'ultima cosa che disse fu

– Non c'è scelta. Se vogliamo sopravvivere, dobbiamo arrivare laggiù.

Silenzio.

Verdun, appoggiato al bancone, alzò lo sguardo verso i due.

Baldabiou si impegnò a trovare ancora un sorso di Pernod, nel fondo del bicchiere.

Hervé Joncour posò la sigaretta sul bordo del tavolo prima di dire

– E dove sarebbe, di preciso, questo Giappone?

Baldabiou alzò la canna del suo bastone puntandola oltre i tetti di Saint-August.

– Sempre dritto di là.

Disse.

– Fino alla fine del mondo.

9.

A quei tempi il Giappone era, in effetti, dall'altra parte del mondo. Era un'isola fatta di isole, e per duecento anni era vissuta completamente separata dal resto dell'umanità, rifiutando qualsiasi contatto con il continente e vietando l'accesso a qualsiasi straniero. La costa cinese distava quasi duecento miglia, ma un decreto imperiale aveva provveduto a renderla ancora più lontana, proibendo in tutta l'isola la costruzione di barche con più di un albero. Secondo una logica a suo modo illuminata, la legge non vietava peraltro di espatriare: ma condannava a morte quelli che tentavano di tornare. I mercanti cinesi, olandesi e inglesi avevano cercato ripetutamente di rompere quell'assurdo isolamento, ma avevano ottenuto soltanto di metter su una fragile e pericolosa rete di contrabbando. Ci avevano guadagnato pochi soldi, molti guai e alcune leggende, buone da vendere nei porti, la sera. Dove loro avevano fallito, ebbero successo, grazie alla forza delle armi, gli americani. Nel luglio del 1853 il commodoro Matthew C. Perry entrò nella baia di Yokohama con una moderna flotta di navi a vapore, e consegnò ai giapponesi un ultimatum in cui si "auspicava" l'apertura dell'isola agli stranieri.

I giapponesi non avevano mai visto prima una nave capace di risalire il mare controvento.

Quando, sette mesi dopo, Perry tornò per ricevere la risposta al suo ultimatum, il governo militare dell'isola si piegò a firmare un accordo in cui si sanciva l'apertura agli stranieri di due porti nel nord del Paese, e l'avvio di alcuni primi, misurati, rapporti commerciali. Il mare intorno a quest'isola – dichiarò il commodoro con una certa solennità – è da oggi molto meno profondo.

10.

Baldabiou conosceva tutte queste storie. Soprattutto conosceva una leggenda che ripetutamente tornava nei racconti di chi, laggiù, era stato. Diceva che in quell'isola producevano la più bella seta del mondo. Lo facevano da più di mille anni, secondo riti e segreti che avevano raggiunto una mistica esattezza. Quel che Baldabiou pensava era che non si trattasse di una leggenda, ma della pura e semplice verità. Una volta aveva tenuto tra le dita un velo tessuto con filo di seta giapponese. Era come tenere tra le dita il nulla. Così, quando tutto sembrò andare al diavolo per quella storia della pebrina e delle uova malate, quel che pensò fu:

– Quell'isola è piena di bachi. E un'isola in cui per duecento anni non è riuscito ad arrivare un mercante cinese o un assicuratore inglese è un'isola in cui nessuna malattia arriverà mai.

Non si limitò a pensarlo: lo disse a tutti i produttori di seta di Lavilledieu, dopo averli convocati al caffè di Verdun. Nessuno di loro aveva mai sentito parlare del Giappone.

– Dovremmo attraversare il mondo per andarci a comprare delle uova come dio comanda in un posto in cui se vedono uno straniero lo impiccano?

– Lo impiccavano – chiarì Baldabiou.

Non sapevano cosa pensare. A qualcuno venne in mente un'obiezione.

– Ci sarà una ragione se nessuno al mondo ha pensato di andare a comprare le uova laggiù.

Baldabiou poteva bluffare ricordando che nel resto del mondo non c'era nessun altro Baldabiou. Ma preferì dire le cose come stavano.

– I giapponesi si sono rassegnati a vendere la loro seta. Ma le uova, quelle no. Se le tengono strette. E se provi a portarle fuori da quell'isola, quel che fai è un crimine.

I produttori di seta di Lavilledieu erano, chi più chi meno, dei gentiluomini, e mai avrebbero pensato di infrangere una qualsiasi legge nel loro Paese. L'ipotesi di farlo dall'altra parte del mondo, tuttavia, risultò loro ragionevolmente sensata.

11.

Era il 1861. Flaubert stava finendo *Salammbô*, l'illuminazione elettrica era ancora un'ipotesi e Abramo Lincoln, dall'altra parte dell'Oceano, stava combattendo una guerra di cui non avrebbe mai visto la fine. I bachicultori di Lavilledieu si unirono in consorzio e raccolsero la cifra, considerevole, necessaria alla spedizione. A tutti sembrò logico affidarla a Hervé Joncour. Quando Baldabiou gli chiese di accettare, lui rispose con una domanda.

– E dove sarebbe, di preciso, questo Giappone?

Sempre dritto di là. Fino alla fine del mondo.

Partì il 6 ottobre. Da solo.

Alle porte di Lavilledieu strinse a sé la moglie Hélène e le disse semplicemente

– Non devi avere paura di nulla.

Era una donna alta, si muoveva con lentezza, aveva lunghi capelli neri che non raccoglieva mai sul capo. Aveva una voce bellissima.

12.

Hervé Joncour partì con ottantamila franchi in oro e i nomi di tre uomini, procuratigli da Baldabiou: un cinese, un olandese e un giapponese. Varcò il confine vicino a Metz, attraversò il Württemberg e la Baviera, entrò in Austria, raggiunse in treno Vienna e Budapest per poi proseguire fino a Kiev. Percorse a cavallo due-mila chilometri di steppa russa, superò gli Urali, en-trò in Siberia, viaggiò per quaranta giorni fino a rag-giungere il lago Bajkal, che la gente del luogo chia-mava: mare. Ridiscese il corso del fiume Amur, co-steggiando il confine cinese fino all'Oceano, e quando arrivò all'Oceano si fermò nel porto di Sabirk per un-dici giorni, finché una nave di contrabbandieri olande-si non lo portò a Capo Teraya, sulla costa ovest del Giappone. A piedi, percorrendo strade secondarie, at-traversò le province di Ishikawa, Toyama, Niigata, en-trò in quella di Fukushima e raggiunse la città di Shi-rakawa, la aggirò sul lato est, aspettò due giorni un uomo vestito di nero che lo bendò e lo portò in un vil-laggio sulle colline dove trascorse una notte e il mat-tino dopo trattò l'acquisto delle uova con un uomo che non parlava e che aveva il volto coperto da un velo di seta. Nera. Al tramonto nascose le uova tra i bagagli, voltò le spalle al Giappone, e si accinse a prendere la via del ritorno.

Aveva appena lasciato le ultime case del paese quando un uomo lo raggiunse, correndo, e lo fermò. Gli disse qualcosa in tono concitato e perentorio, poi lo riaccompagnò indietro, con cortese fermezza.

Hervé Joncour non parlava giapponese, né era in grado di comprenderlo. Ma capì che Hara Kei voleva vederlo.

13.

Fecero scorrere un pannello di carta di riso, e Hervé Joncour entrò. Hara Kei era seduto a gambe incrociate, per terra, nell'angolo più lontano della stanza. Indossava una tunica scura, non portava gioielli. Unico segno visibile del suo potere, una donna sdraiata accanto a lui, immobile, la testa appoggiata sul suo grembo, gli occhi chiusi, le braccia nascoste sotto l'ampio vestito rosso che si allargava tutt'intorno, come una fiamma, sulla stuoia color cenere. Lui le passava lentamente una mano nei capelli: sembrava accarezzasse il manto di un animale prezioso, e addormentato.

Hervé Joncour attraversò la stanza, aspettò un cenno dell'ospite, e si sedette di fronte a lui. Rimasero in silenzio, a guardarsi negli occhi. Arrivò un servo, impercettibile, e posò davanti a loro due tazze di tè. Poi sparì nel nulla. Allora Hara Kei iniziò a parlare, nella sua lingua, con una voce cantilenante, disciolta in una sorta di falsetto fastidiosamente artificioso. Hervé Joncour ascoltava. Teneva gli occhi fissi in quelli di Hara Kei e solo per un istante, quasi senza accorgersene, li abbassò sul volto della donna.

Era il volto di una ragazzina.

Li rialzò.

Hara Kei si interruppe, sollevò una delle tazze di tè, la portò alle labbra, lasciò passare qualche istante e disse

– Provate a dirmi chi siete.

Lo disse in francese, strascicando un po' le vocali, con una voce rauca, vera.

14.

All'uomo più imprendibile del Giappone, al padrone di tutto ciò che il mondo riusciva a portare via da quell'isola, Hervé Joncour provò a raccontare chi era. Lo fece nella propria lingua, parlando lentamente, senza sapere con precisione se Hara Kei fosse in grado di capire. Istintivamente rinunciò a qualsiasi prudenza, riferendo senza invenzioni e senza omissioni tutto ciò che era vero, semplicemente. Allineava piccoli particolari e cruciali eventi con voce uguale e gesti appena accennati, mimando l'ipnotica andatura, malinconica e neutrale, di un catalogo di oggetti scampati a un incendio. Hara Kei ascoltava, senza che l'ombra di un'espressione scomponesse i tratti del suo volto. Teneva gli occhi fissi sulle labbra di Hervé Joncour, come se fossero le ultime righe di una lettera d'addio. Nella stanza era tutto così silenzioso e immobile che parve un evento immane ciò che accadde all'improvviso, e che pure fu un nulla.

D'un tratto,
senza muoversi minimamente,
quella ragazzina,
aprì gli occhi.

Hervé Joncour non smise di parlare ma abbassò istintivamente lo sguardo su di lei e quel che vide, senza smettere di parlare, fu che quegli occhi *non aveva-*

no un taglio orientale, e che erano puntati, *con un'intensità sconcertante*, su di lui: come se fin dall'inizio non avessero fatto altro, da sotto le palpebre. Hervé Joncour girò lo sguardo altrove, con tutta la naturalezza di cui fu capace, cercando di continuare il suo racconto senza che nulla, nella sua voce, apparisse differente. Si interruppe solo quando gli occhi gli caddero sulla tazza di tè, posata per terra, davanti a lui. La prese con una mano, la portò alle labbra, e bevve lentamente. Ricominciò a parlare, mentre la posava di nuovo davanti a sé.

15.

La Francia, i viaggi per mare, il profumo dei gelsi a Lavilledieu, i treni a vapore, la voce di Hélène. Hervé Joncour continuò a raccontare la sua vita, come mai, nella sua vita, aveva fatto. Quella ragazzina continuava a fissarlo, con una violenza che strappava a ogni sua parola l'obbligo di suonare memorabile. La stanza sembrava ormai essere scivolata in un'immobilità senza ritorno quando d'improvviso, e in modo assolutamente silenzioso, lei spinse una mano fuori dal vestito, facendola scivolare sulla stuoia, davanti a sé. Hervé Joncour vide arrivare quella macchia pallida ai margini del suo campo visivo, la vide sfiorare la tazza di tè di Hara Kei e poi, assurdamente, continuare a scivolare fino a stringere senza esitazioni l'altra tazza, che era inesorabilmente la tazza in cui *lui* aveva bevuto, sollevarla leggermente e portarla via con sé. Hara Kei non aveva smesso per un attimo di fissare senza espressione le labbra di Hervé Joncour.

La ragazzina sollevò leggermente il capo.

Per la prima volta staccò gli occhi da Hervé Joncour e li posò sulla tazza.

Lentamente, la ruotò fino ad avere sulle labbra il punto preciso in cui aveva bevuto lui.

Socchiudendo gli occhi, bevve un sorso di tè.

Allontanò la tazza dalle labbra.

La fece riscivolare dove l'aveva raccolta.

Fece sparire la mano sotto il vestito.

Tornò ad appoggiare la testa sul grembo di Hara Kei.

Gli occhi aperti, fissi in quelli di Hervé Joncour.

16.

Hervé Joncour parlò ancora a lungo. Si interruppe solo quando Hara Kei staccò gli occhi da lui e accennò un inchino, col capo.

Silenzio.

In francese, strascicando un po' le vocali, con voce rauca, vera, Hara Kei disse

– Se vorrete, mi piacerà vedervi tornare.

Per la prima volta sorrise.

– Le uova che avete con voi sono uova di pesce, valgono poco più di niente.

Hervé Joncour abbassò lo sguardo. C'era la sua tazza di tè, di fronte a lui. La prese e incominciò a girarla, e a osservarla, come se stesse cercando qualcosa, sul filo colorato del suo bordo. Quando trovò ciò che cercava, vi appoggiò le labbra, e bevve fino in fondo. Poi ripose la tazza davanti a sé e disse

– Lo so.

Hara Kei rise divertito.

– È per questo che avete pagato con dell'oro falso?

– Ho pagato quello che ho comprato.

Hara Kei ridiventò serio.

– Quando uscirete di qui avrete ciò che volete.

– Quando uscirò da quest'isola, vivo, riceverete l'oro che vi spetta. Avete la mia parola.

Hervé Joncour non aspettò nemmeno la risposta. Si alzò, fece qualche passo indietro, poi si inchinò.

L'ultima cosa che vide, prima di uscire, furono gli occhi di lei, fissi nei suoi, perfettamente muti.

17.

Sei giorni dopo Hervé Joncour si imbarcò, a Takaoka, su una nave di contrabbandieri olandesi che lo portò a Sabirk. Da lì risalì il confine cinese fino al lago Bajkal, attraversò quattromila chilometri di terra siberiana, superò gli Urali, raggiunse Kiev e in treno percorse tutta l'Europa, da est a ovest, fino ad arrivare, dopo tre mesi di viaggio, in Francia. La prima domenica di aprile – in tempo per la Messa grande – giunse alle porte di Lavilledieu. Si fermò, ringraziò Iddio, ed entrò nel paese a piedi, contando i suoi passi, perché ciascuno avesse un nome, e per non dimenticarli mai più.

– Com'è la fine del mondo? – gli chiese Baldabiou.

– Invisibile.

Alla moglie Hélène portò in dono una tunica di seta che ella, per pudore, non indossò mai. Se la tenevi tra le dita, era come stringere il nulla.

Le uova che Hervé Joncour aveva portato dal Giappone – attaccate a centinaia su piccoli fogli di corteccia di gelso – si rivelarono perfettamente sane. La produzione di seta, nella zona di Lavilledieu, fu quell'anno straordinaria, per quantità e qualità. Si decise l'apertura di altre due filande, e Baldabiou fece erigere un chiostro di fianco alla chiesetta di Sant'Agnese. Non è chiaro perché, ma lo aveva immaginato rotondo, così ne affidò il progetto a un architetto spagnolo che si chiamava Juan Benitez, e che godeva di una certa notorietà nel ramo *Plazas de Toros*.

– Naturalmente niente sabbia, in mezzo, ma un giardino. E se fosse possibile teste di delfino, al posto di quelle di toro, all'entrata.

– ¿Delfino, *señor*?

– Hai presente il pesce, Benitez?

Hervé Joncour fece due conti e si scoprì ricco. Acquistò trenta acri di terra, a sud della sua proprietà, e occupò i mesi dell'estate a disegnare un parco dove sarebbe stato lieve, e silenzioso, passeggiare. Lo immaginava invisibile come la fine del mondo. Ogni mattina si spingeva fin da Verdun, dove ascoltava le storie del paese e sfogliava le gazzette arrivate da Parigi. La sera rimaneva a lungo, sotto il portico della sua casa, seduto accanto alla moglie Hélène. Lei leggeva un libro, ad alta voce, e questo lo rendeva felice perché pensava non ci fosse voce più bella di quella, al mondo.

Compì 33 anni il 4 settembre 1862. Pioveva la sua vita, davanti ai suoi occhi, spettacolo quieto.

19.

– Non devi avere paura di nulla.

Poiché Baldabiou aveva deciso così, Hervé Joncour ripartì per il Giappone il primo giorno d'ottobre. Varcò il confine francese vicino a Metz, attraversò il Württemberg e la Baviera, entrò in Austria, raggiunse in treno Vienna e Budapest per poi proseguire fino a Kiev. Percorse a cavallo duemila chilometri di steppa russa, superò gli Urali, entrò in Siberia, viaggiò per quaranta giorni fino a raggiungere il lago Bajkal, che la gente del luogo chiamava: il demonio. Ridiscese il corso del fiume Amur, costeggiando il confine cinese fino all'Oceano, e quando arrivò all'Oceano si fermò nel porto di Sabirk per undici giorni, finché una nave di contrabbandieri olandesi non lo portò a Capo Teraya, sulla costa ovest del Giappone. A piedi, percorrendo strade secondarie, attraversò le province di Ishikawa, Toyama, Niigata, entrò in quella di Fukushima e raggiunse la città di Shirakawa, la aggirò sul lato est e aspettò due giorni un uomo vestito di nero che lo bendò e lo portò al villaggio di Hara Kei. Quando poté riaprire gli occhi si trovò davanti due servi che gli presero il bagaglio e lo condussero fino ai margini di un bosco dove gli indicarono un sentiero e lo lasciarono solo. Hervé Joncour prese a camminare nell'ombra che gli alberi, intorno e sopra di lui, tagliavano via dalla luce del giorno. Si fermò soltanto quando d'improvviso la vegetazione si aprì, per un istante, come una finestra, sul bordo del sentiero. Si vedeva un lago, una trentina di metri più in basso. E sulla riva del lago, accovacciati per terra, di spalle, Hara Kei e una donna in un abito color arancio, i capelli sciolti sulle spalle. Nell'istante in cui Hervé Joncour la vide, lei si voltò, lentamente e per un attimo, giusto il tempo di incrociare il suo sguardo.

I suoi occhi non avevano un taglio orientale, e il suo volto era il volto di una ragazzina.

Hervé Joncour riprese a camminare, nel folto del bosco, e quando ne uscì si trovò sul bordo del lago. Pochi passi davanti a lui, Hara Kei, solo, di spalle, sedeva immobile, vestito di nero. Accanto a lui c'era un abito color arancio, abbandonato in terra, e due sandali di paglia. Hervé Joncour si avvicinò. Minuscole onde circolari posavano l'acqua del lago sulla riva, come spedite, lì, da lontano.

– Il mio amico francese – mormorò Hara Kei, senza voltarsi.

Passarono ore, seduti uno accanto all'altro, a parlare e a tacere. Poi Hara Kei si alzò e Hervé Joncour lo seguì. Con un gesto impercettibile, prima di avviarsi al sentiero lasciò cadere uno dei suoi guanti accanto all'abito color arancio, abbandonato sulla riva. Arrivarono al paese che era già sera.

20.

Hervé Joncour rimase ospite di Hara Kei per quattro giorni. Era come vivere alla corte di un re. Tutto il paese esisteva per quell'uomo, e non c'era quasi gesto, su quelle colline, che non fosse compiuto in sua difesa e per il suo piacere. La vita brulicava sottovoce, si muoveva con una lentezza astuta, come un animale braccato nella tana. Il mondo sembrava lontano secoli.

Hervé Joncour aveva una casa per sé, e cinque servitori che lo seguivano ovunque. Mangiava da solo, all'ombra di un albero colorato di fiori che non aveva mai visto. Due volte al giorno gli servivano con una certa solennità il tè. La sera, lo accompagnavano nella sala più grande della casa, dove il pavimento era di pietra, e dove consumava il rito del bagno. Tre donne, anziane, il volto coperto da una sorta di cerone bianco, facevano colare l'acqua sul suo corpo e lo asciugavano con panni di seta, tiepidi. Avevano mani legnose, ma leggerissime.

Il mattino del secondo giorno, Hervé Joncour vide arrivare nel paese un bianco: accompagnato da due carri pieni di grandi casse di legno. Era un inglese. Non era lì per comprare. Era lì per vendere.

– Armi, *monsieur*. E voi?

– Io compro. Bachi da seta.

Cenarono insieme. L'inglese aveva molte storie da

raccontare: erano otto anni che andava avanti e indietro dall'Europa al Giappone. Hervé Joncour lo stette ad ascoltare e solo alla fine gli chiese

– Voi conoscete una donna, giovane, europea credo, bianca, che vive qui?

L'inglese continuò a mangiare, impassibile.

– Non esistono donne bianche in Giappone. Non c'è una sola donna bianca, in Giappone.

Partì il giorno dopo, carico d'oro.

Hervé Joncour rivide Hara Kei solo il mattino del terzo giorno. Si accorse che i suoi cinque servitori erano improvvisamente spariti, come d'incanto, e dopo qualche istante lo vide arrivare. Quell'uomo per cui tutti, in quel paese, esistevano, si muoveva sempre in una bolla di vuoto. Come se un tacito precetto ordinasse al mondo di lasciarlo vivere solo.

Salirono insieme il fianco della collina, fino ad arrivare in una radura dove il cielo era rigato dal volo di decine di uccelli dalle grandi ali azzurre.

– La gente di qui li guarda volare, e nel loro volo legge il futuro.

Disse Hara Kei.

– Quando ero un ragazzo mio padre mi portò in un posto come questo, mi mise in mano il suo arco e mi ordinò di tirare a uno di loro. Io lo feci, e un grande uccello, dalle ali azzurre, piombò a terra, come una pietra morta. Leggi il volo della tua freccia se vuoi sapere il tuo futuro, mi disse mio padre.

Volavano lenti, salendo e scendendo nel cielo, come se volessero cancellarlo, meticolosamente, con le loro ali.

Tornarono al paese camminando nella luce strana di un pomeriggio che sembrava sera. Arrivati alla casa di Hervé Joncour, si salutarono. Hara Kei si voltò e prese a camminare lento, scendendo per la strada che costeggiava il fiume. Hervé Joncour rimase in piedi, sulla soglia, a guardarlo: aspettò che fosse distante una ventina di passi, poi disse

– Quando mi direte chi è quella ragazzina?

Hara Kei continuò a camminare, con un passo lento a cui non apparteneva alcuna stanchezza. Intorno era il silenzio più assoluto, e il vuoto. Come per un singolare precetto, ovunque andasse, quell'uomo andava in una solitudine incondizionata, e perfetta.

22.

Il mattino dell'ultimo giorno, Hervé Joncour uscì dalla sua casa e si mise a vagabondare per il villaggio. Incrociava uomini che si inchinavano al suo passaggio e donne che, abbassando lo sguardo, gli sorridevano. Capì di essere arrivato vicino alla dimora di Hara Kei quando vide un'immane voliera che custodiva un numero incredibile di uccelli, di ogni tipo: uno spettacolo. Hara Kei gli aveva raccontato che se li era fatti portare da tutte le parti del mondo. Ce n'erano alcuni che valevano più di tutta la seta che Lavilledieu poteva produrre in un anno. Hervé Joncour si fermò a guardare quella magnifica follìa. Si ricordò di aver letto in un libro che gli uomini orientali, per onorare la fedeltà delle loro amanti, non erano soliti regalar loro gioielli: ma uccelli raffinati, e bellissimi.

La dimora di Hara Kei sembrava annegata in un lago di silenzio. Hervé Joncour si avvicinò e si fermò a pochi metri dall'ingresso. Non c'erano porte, e sulle pareti di carta comparivano e scomparivano ombre che non seminavano alcun rumore. Non sembrava vita: se c'era un nome per tutto quello, era: teatro. Senza sapere cosa, Hervé Joncour si fermò ad aspettare: immobile, in piedi, a pochi metri dalla casa. Per tutto il tempo che concesse al destino, solo ombre e silenzi furono ciò che quel singolare palcoscenico lasciò filtrare. Così si voltò, Hervé Joncour, alla fine, e riprese a camminare, veloce, verso casa. Col capo chino, guardava i suoi passi, giacché questo lo aiutava a non pensare.

23.

La sera Hervé Joncour preparò i bagagli. Poi si lasciò portare nella grande stanza lastricata di pietra, per il rito del bagno. Si sdraiò, chiuse gli occhi, e pensò alla grande voliera, folle pegno d'amore. Gli posarono sugli occhi un panno bagnato. Non lo avevano mai fatto prima. Istintivamente fece per toglierselo ma una mano prese la sua e la fermò. Non era la mano vecchia di una vecchia.

Hervé Joncour sentì l'acqua colare sul suo corpo, sulle gambe prima, e poi lungo le braccia, e sul petto. Acqua come olio. E un silenzio strano, intorno. Sentì la leggerezza di un velo di seta che scendeva su di lui. E le mani di una donna – di una donna – che lo asciugavano accarezzando la sua pelle, ovunque: quelle mani e quel tessuto filato di nulla. Lui non si mosse mai, neppure quando sentì le mani salire dalle spalle al collo e le dita – la seta e le dita – salire fino alle sue labbra, e sfiorarle, una volta, lentamente, e sparire.

Hervé Joncour sentì ancora il velo di seta alzarsi e staccarsi da lui. L'ultima cosa fu una mano che apriva la sua e nel suo palmo posava qualcosa.

Aspettò a lungo, nel silenzio, senza muoversi. Poi lentamente si tolse il panno bagnato dagli occhi. Non c'era quasi più luce, nella stanza. Non c'era nessuno, intorno. Si alzò, prese la tunica che giaceva piegata per terra, se la appoggiò sulle spalle, uscì dalla stanza, attraversò la casa, arrivò davanti alla sua stuoia, e si sdraiò. Si mise a osservare la fiamma che tremava, minuta, nella lanterna. E, con cura, fermò il Tempo, per tutto il tempo che desiderò.

Fu un nulla, poi, aprire la mano, e vedere quel foglio. Piccolo. Pochi ideogrammi disegnati uno sotto l'altro. Inchiostro nero.

Il giorno dopo, presto, al mattino, Hervé Joncour partì. Nascoste tra i bagagli, portava con sé migliaia di uova di baco, e cioè il futuro di Lavilledieu, e il lavoro per centinaia di persone, e la ricchezza per una decina di loro. Dove la strada curvava a sinistra, nascondendo per sempre dietro il profilo della collina la vista del villaggio, si fermò, senza badare ai due uomini che lo accompagnavano. Scese da cavallo e rimase per un po' sul bordo della strada, con lo sguardo fisso a quelle case, arrampicate sul dorso della collina.

Sei giorni dopo Hervé Joncour si imbarcò, a Takaoka, su una nave di contrabbandieri olandesi che lo portò a Sabirk. Da lì risalì il confine cinese fino al lago Bajkal, attraversò quattromila chilometri di terra siberiana, superò gli Urali, raggiunse Kiev e in treno percorse tutta l'Europa, da est a ovest, fino ad arrivare, dopo tre mesi di viaggio, in Francia. La prima domenica di aprile – in tempo per la Messa grande – giunse alle porte di Lavilledieu. Vide sua moglie Hélène corrergli incontro, e sentì il profumo della sua pelle quando la strinse a sé, e il velluto della sua voce quando gli disse

– Sei tornato.

Dolcemente.

– Sei tornato.

25.

A Lavilledieu la vita scorreva semplice, ordinata da una metodica normalità. Hervé Joncour se la lasciò scivolare addosso per quarantun giorni. Il quarantaduesimo si arrese, aprì un cassetto del suo baule da viaggio, tirò fuori una mappa del Giappone, la aprì e prese il foglietto che vi aveva nascosto dentro, mesi prima. Pochi ideogrammi disegnati uno sotto l'altro. Inchiostro nero. Si sedette alla scrivania, e a lungo rimase a osservarlo.

Trovò Baldabiou da Verdun, al biliardo. Giocava sempre da solo, contro se stesso. Partite strane. Il sano contro il monco, le chiamava. Faceva un colpo normalmente, e quello dopo con una mano sola. Il giorno che vincerà il monco – diceva – me ne andrò da questa città. Da anni, il monco perdeva.

– Baldabiou, devo trovare qualcuno, qui, che sappia leggere il giapponese.

Il monco staccò un due sponde con effetto a rientrare.

– Chiedi a Hervé Joncour, lui sa tutto.

– Io non ne capisco niente.

– Sei tu il giapponese, qui.

– Ma non ci capisco niente lo stesso.

Il sano si chinò sulla stecca e fece partire una candela da sei punti.

– Allora non resta che Madame Blanche. Ha un negozio di tessuti, a Nîmes. Sopra il negozio c'è un bordello. Roba sua anche quella. È ricca. Ed è giapponese.

– Giapponese? E come ci è arrivata qui?

– Non chiederglielo, se vuoi avere qualcosa da lei. Merda.

Il monco aveva appena sbagliato un tre sponde da quattordici punti.

26.

A sua moglie Hélène, Hervé Joncour disse che doveva andare a Nîmes, per affari. E che sarebbe tornato il giorno stesso.

Salì al primo piano, sopra il negozio di tessuti, al 12 di rue Moscat, e chiese di Madame Blanche. Lo fecero aspettare a lungo. Il salone era arredato come per una festa iniziata da anni e finita mai più. Le ragazze erano tutte giovani e francesi. C'era un pianista che suonava, con la sordina, motivi che sapevano di Russia. Alla fine di ogni pezzo si passava la mano destra tra i capelli e mormorava piano

– Voilà.

Hervé Joncour attese per un paio d'ore. Poi lo accompagnarono lungo il corridoio, fino all'ultima porta. Lui l'aprì, ed entrò.

Madame Blanche era seduta su una grande poltrona, accanto alla finestra. Indossava un kimono di stoffa leggera: completamente bianco. Alle dita, come fossero anelli, portava dei piccoli fiori di color blu intenso. I capelli neri, lucidi, il volto orientale, perfetto.

– Cosa vi fa pensare di essere così ricco da poter venire a letto con me?

Hervé Joncour rimase in piedi, davanti a lei, con il cappello in mano.

– Ho bisogno di un favore da voi. Non importa a che prezzo.

Poi prese nella tasca interna della giacca un piccolo foglio, piegato in quattro, e glielo porse.

– Devo sapere cosa c'è scritto.

Madame Blanche non si mosse di un millimetro. Teneva le labbra socchiuse, sembravano la preistoria di un sorriso.

– Vi prego, *madame*.

Non aveva nessuna ragione al mondo per farlo. Eppure prese il foglio, lo aprì, lo guardò. Alzò gli occhi su Hervé Joncour, li riabbassò. Richiuse il foglio, lentamente. Quando si sporse in avanti, per restituirlo, il kimono le si aprì di un nulla, sul petto. Hervé Joncour vide che non aveva niente, sotto, e che la sua pelle era giovane e candida.

– Tornate, o morirò.

Lo disse con voce fredda, guardando Hervé Joncour negli occhi, e senza farsi sfuggire la minima espressione.

Tornate, o morirò.

Hervé Joncour rimise il foglietto nella tasca interna della giacca.

– Grazie.

Accennò un inchino, poi si voltò, andò verso la porta e fece per posare alcune banconote sul tavolo.

– Lasciate perdere.

Hervé Joncour esitò un attimo.

– Non parlo dei soldi. Parlo di quella donna. Lasciate perdere. Non morirà e voi lo sapete.

Senza voltarsi, Hervé Joncour appoggiò le banconote sul tavolo, aprì la porta e se ne andò.

28.

Diceva Baldabiou che venivano da Parigi, talvolta, per fare l'amore con Madame Blanche. Tornati nella capitale, sfoggiavano sul bavero della giacca da sera alcuni piccoli fiori blu, quelli che lei portava sempre tra le dita, come se fossero anelli.

Per la prima volta nella sua vita, Hervé Joncour portò la moglie, quell'estate, in Riviera. Si stabilirono per due settimane in un albergo di Nizza, frequentato per lo più da inglesi e noto per le serate musicali che offriva ai clienti. Hélène si era convinta che in un posto così bello sarebbero riusciti a concepire il figlio che, invano, avevano aspettato per anni. Insieme decisero che sarebbe stato maschio. E che si sarebbe chiamato Philippe. Partecipavano con discrezione alla vita mondana della stazione balneare, divertendosi poi, chiusi nella loro stanza, a ridere dei tipi strani che avevano incontrato. A concerto, una sera, conobbero un commerciante di pelli, polacco: diceva che era stato in Giappone.

La notte prima di partire, accadde a Hervé Joncour di svegliarsi, quando ancora era buio, e di alzarsi, e di avvicinarsi al letto di Hélène. Quando lei aprì gli occhi lui sentì la propria voce dire piano:

– Io ti amerò per sempre.

30.

Agli inizi di settembre i bachicultori di Lavilledieu si riunirono per stabilire cosa fare. Il governo aveva mandato a Nîmes un giovane biologo incaricato di studiare la malattia che rendeva inutilizzabili le uova prodotte in Francia. Si chiamava Louis Pasteur: lavorava con dei microscopi capaci di vedere l'invisibile: dicevano che avesse già ottenuto risultati straordinari. Dal Giappone arrivavano notizie di un'imminente guerra civile, fomentata dalle forze che si opponevano all'ingresso degli stranieri nel Paese. Il consolato francese, da poco installato a Yokohama, mandava dispacci che sconsigliavano per il momento di intraprendere rapporti commerciali con l'isola, invitando ad aspettare tempi migliori. Inclini alla prudenza e sensibili ai costi enormi che ogni spedizione clandestina in Giappone comportava, molti dei notabili di Lavilledieu avanzarono l'ipotesi di sospendere i viaggi di Hervé Joncour e di affidarsi per quell'anno alle partite di uova, blandamente affidabili, che arrivavano dai grandi importatori del Medio Oriente. Baldabiou stette ad ascoltare tutti, senza dire una parola. Quando alla fine toccò a lui parlare, quel che fece fu posare il suo bastone di canna sul tavolo e alzare lo sguardo sull'uomo che sedeva di fronte a lui. E aspettare.

Hervé Joncour sapeva delle ricerche di Pasteur e

aveva letto le notizie che arrivavano dal Giappone: ma si era sempre rifiutato di commentarle. Preferiva spendere il suo tempo a ritoccare il progetto del parco che voleva costruire intorno alla sua casa. In un angolo nascosto dello studio conservava un foglio piegato in quattro, con pochi ideogrammi disegnati uno sotto l'altro, inchiostro nero. Aveva un considerevole conto in banca, conduceva una vita tranquilla e custodiva la ragionevole illusione di diventare presto padre. Quando Baldabiou alzò lo sguardo verso di lui quel che disse fu

– Decidi tu, Baldabiou.

31.

Hervé Joncour partì per il Giappone ai primi di ottobre. Varcò il confine francese vicino a Metz, attraversò il Württemberg e la Baviera, entrò in Austria, raggiunse in treno Vienna e Budapest per poi proseguire fino a Kiev. Percorse a cavallo duemila chilometri di steppa russa, superò gli Urali, entrò in Siberia, viaggiò per quaranta giorni fino a raggiungere il lago Bajkal, che la gente del luogo chiamava: l'ultimo. Ridiscese il corso del fiume Amur, costeggiando il confine cinese fino all'Oceano, e quando arrivò all'Oceano si fermò nel porto di Sabirk per dieci giorni, finché una nave di contrabbandieri olandesi non lo portò a Capo Teraya, sulla costa ovest del Giappone. Quel che trovò fu un Paese in disordinata attesa di una guerra che non riusciva a scoppiare. Viaggiò per giorni senza dover ricorrere alla consueta prudenza, giacché intorno a lui la mappa dei poteri e la rete dei controlli sembravano essersi dissolte nell'imminenza di un'esplosione che le avrebbe totalmente ridisegnate. A Shirakawa incontrò l'uomo che doveva portarlo da Hara Kei. In due giorni, a cavallo, giunsero in vista del villaggio. Hervé Joncour vi entrò a piedi perché la notizia del suo arrivo potesse arrivare prima di lui.

32.

Lo portarono in una delle ultime case del villaggio, in alto, a ridosso del bosco. Cinque servitori lo aspettavano. Affidò loro i bagagli e uscì sulla veranda. All'estremo opposto del villaggio si intravedeva il palazzo di Hara Kei, poco più grande delle altre case, ma circondato da enormi cedri che ne difendevano la solitudine. Hervé Joncour rimase a osservarlo, come se non ci fosse null'altro, da lì all'orizzonte. Così vide,
alla fine,
all'improvviso,
il cielo sopra il palazzo macchiarsi del volo di centinaia d'uccelli, come esplosi via dalla terra, uccelli d'ogni tipo, stupefatti, fuggire ovunque, impazziti, cantando e gridando, pirotecnica esplosione di ali, e nube di colori sparata nella luce, e di suoni, impauriti, musica in fuga, nel cielo a volare.

Hervé Joncour sorrise.

33.

Il villaggio incominciò a brulicare come un formicaio impazzito: tutti correvano e gridavano, guardavano in alto e inseguivano quegli uccelli scappati, per anni fierezza del loro Signore, e ora beffa volante nel cielo. Hervé Joncour uscì dalla sua casa e ridiscese il villaggio, camminando lentamente, e guardando davanti a sé con una calma infinita. Nessuno sembrava vederlo, e nulla lui sembrava vedere. Era un filo d'oro che correva diritto nella trama di un tappeto tessuto da un folle. Superò il ponte sul fiume, scese fino ai grandi cedri, entrò nella loro ombra e ne uscì. Di fronte a sé vide l'enorme voliera, con le porte spalancate, completamente vuota. E davanti ad essa, una donna. Hervé Joncour non si guardò intorno, continuò semplicemente a camminare, lento, e si fermò solo quando arrivò davanti a lei.

I suoi occhi non avevano un taglio orientale, e il suo volto era il volto di una ragazzina.

Hervé Joncour fece un passo verso di lei, allungò una mano e l'aprì. Sul palmo aveva un piccolo foglio, piegato in quattro. Lei lo vide e ogni angolo del suo volto sorrise. Appoggiò la sua mano su quella di Hervé Joncour, la strinse con dolcezza, indugiò un attimo, poi la ritrasse stringendo fra le dita quel foglio che aveva fatto il giro del mondo. L'aveva appena nasco-

sto in una piega dell'abito, quando si sentì la voce di
Hara Kei.

– Siate il benvenuto, mio amico francese.

Era a pochi passi da lì. Il kimono scuro, i capelli,
neri, perfettamente raccolti sulla nuca. Si avvicinò. Si
mise a osservare la voliera, guardando una a una le
porte spalancate.

– Torneranno. È sempre difficile resistere alla tentazione di tornare, non è vero?

Hervé Joncour non rispose. Hara Kei lo guardò negli occhi, e mitemente gli disse

– Venite.

Hervé Joncour lo seguì. Fece qualche passo poi si
girò verso la ragazza e accennò un inchino.

– Spero di rivedervi presto.

Hara Kei continuò a camminare.

– Non conosce la vostra lingua.

Disse.

– Venite.

34.

Quella sera Hara Kei invitò Hervé Joncour nella sua casa. C'erano alcuni uomini del villaggio, e donne vestite con grande eleganza, il volto dipinto di bianco e di colori sgargianti. Si beveva sakè, si fumava in lunghe pipe di legno un tabacco dall'aroma aspro e stordente. Arrivarono dei saltimbanchi e un uomo che strappava risate imitando uomini e animali. Tre vecchie donne suonavano degli strumenti a corda, senza mai smettere di sorridere. Hara Kei stava seduto al posto d'onore, vestito di scuro, i piedi scalzi. In un vestito di seta, splendido, la donna con il volto da ragazzina gli sedeva accanto. Hervé Joncour era all'estremo opposto della stanza: era assediato dal profumo dolciastro delle donne che gli stavano attorno e sorrideva imbarazzato agli uomini che si divertivano a raccontargli storie che lui non poteva capire. Per mille volte cercò gli occhi di lei, e per mille volte lei trovò i suoi. Era una specie di triste danza, segreta e impotente. Hervé Joncour la ballò fino a tarda notte, poi si alzò, disse qualcosa in francese per scusarsi, si liberò in qualche modo di una donna che aveva deciso di accompagnarlo e facendosi largo tra nuvole di fumo e uomini che lo apostrofavano in quella loro lingua incomprensibile, se ne andò. Prima di uscire dalla stanza, guardò un'ultima volta verso di lei. Lo stava guardando, con occhi perfettamente muti, lontani secoli.

Hervé Joncour vagabondò per il villaggio respirando l'aria fresca della notte e perdendosi tra i vicoli che risalivano il fianco della collina. Quando arrivò alla sua casa vide una lanterna, accesa, oscillare dietro alla parete di carta. Entrò, e trovò due donne, in piedi, davanti a lui. Una ragazza orientale, giovane, vestita di un semplice kimono bianco. E lei. Aveva negli occhi una specie di febbrile allegria. Non gli lasciò il tempo di fare nulla. Si avvicinò, gli prese una mano, se la portò al volto, la sfiorò con le labbra, e poi stringendola forte la posò sulle mani della ragazza che le era accanto, e la tenne lì, per un istante, perché non potesse scappare. Staccò la sua mano, infine, fece due passi indietro, prese la lanterna, guardò per un istante negli occhi Hervé Joncour e corse via. Era una lanterna arancione. Scomparve nella notte, piccola luce in fuga.

Hervé Joncour non aveva mai visto quella ragazza, né, veramente, la vide mai, quella notte. Nella stanza senza luci sentì la bellezza del suo corpo, e conobbe le sue mani e la sua bocca. La amò per ore, con gesti che non aveva mai fatto, lasciandosi insegnare una lentezza che non conosceva. Nel buio, era un nulla amarla e non amare lei.

Poco prima dell'alba, la ragazza si alzò, indossò il kimono bianco, e se ne andò.

36.

Di fronte alla sua casa, ad attenderlo, Hervé Joncour trovò, al mattino, un uomo di Hara Kei. Aveva con sé quindici fogli di corteccia di gelso, completamente coperti di uova: minuscole, color avorio. Hervé Joncour esaminò ogni foglio, con cura, poi trattò sul prezzo e pagò in scaglie d'oro. Prima che l'uomo se ne andasse gli fece capire che voleva vedere Hara Kei. L'uomo scosse la testa. Hervé Joncour comprese, dai suoi gesti, che Hara Kei era partito quella mattina, presto, con il suo seguito, e che nessuno sapeva quando sarebbe tornato.

Hervé Joncour attraversò il villaggio di corsa, fino alla dimora di Hara Kei. Trovò solo dei servi che a ogni domanda rispondevano scuotendo la testa. La casa sembrava deserta. E per quanto cercasse intorno a sé, e nelle cose più insignificanti, non vide nulla che assomigliasse a un messaggio per lui. Lasciò la casa, e tornando verso il villaggio, passò davanti all'immane voliera. Le porte erano di nuovo chiuse. Dentro, centinaia di uccelli volavano al riparo dal cielo.

37.

Hervé Joncour aspettò ancora due giorni un segno qualsiasi. Poi partì.

Gli accadde, a non più di mezz'ora dal villaggio, di passare accanto a un bosco da cui arrivava un singolare, argenteo frastuono. Nascoste tra le foglie, si riconoscevano le mille macchie scure di uno stormo d'uccelli fermo a riposare. Senza spiegar nulla ai due uomini che lo accompagnavano, Hervé Joncour fermò il suo cavallo, estrasse la rivoltella dalla cintura e sparò sei colpi in aria. Lo stormo, terrorizzato, si alzò in cielo, come una nube di fumo sprigionata da un incendio. Era così grande che avresti potuto vederla a giorni e giorni di cammino da lì. Scura nel cielo, senz'altra meta che il proprio smarrimento.

38.

Sei giorni dopo Hervé Joncour si imbarcò, a Takaoka, su una nave di contrabbandieri olandesi che lo portò a Sabirk. Da lì risalì il confine cinese fino al lago Bajkal, attraversò quattromila chilometri di terra siberiana, superò gli Urali, raggiunse Kiev e in treno percorse tutta l'Europa, da est a ovest, fino ad arrivare, dopo tre mesi di viaggio, in Francia. La prima domenica di aprile – in tempo per la Messa grande – giunse alle porte di Lavilledieu. Fece fermare la carrozza, e per alcuni minuti rimase seduto, immobile, dietro alle tendine tirate. Poi scese, e continuò a piedi, passo dopo passo, con una stanchezza infinita.

Baldabiou gli chiese se aveva visto la guerra.

– Non quella che mi aspettavo – rispose.

La notte entrò nel letto di Hélène e la amò con tanta impazienza che ella si spaventò e non riuscì a trattenere le lacrime. Quando lui se ne accorse, lei si sforzò di sorridergli.

– È solo che sono tanto felice – gli disse piano.

Hervé Joncour consegnò le uova ai bachicultori di Lavilledieu. Poi, per giorni, non comparve più in paese, trascurando perfino l'abituale, quotidiana gita da Verdun. Ai primi di maggio, suscitando lo stupore generale, comprò la casa abbandonata di Jean Berbeck, quello che un giorno aveva smesso di parlare, e fino alla morte non aveva parlato più. Tutti pensarono che avesse in mente di farne il suo nuovo laboratorio. Lui non iniziò nemmeno a sgomberarla. Ci andava, di tanto in tanto, e rimaneva, solo, in quelle stanze, nessuno sapeva a fare cosa. Un giorno ci portò Baldabiou.

– Ma tu lo sai perché Jean Berbeck smise di parlare? – gli chiese.

– È una delle tante cose che non disse mai.

Erano passati anni, ma c'erano ancora i quadri appesi alle pareti e le pentole sull'asciugatoio, di fianco al lavandino. Non era una cosa allegra, e Baldabiou, di suo, se ne sarebbe andato volentieri. Ma Hervé Joncour continuava a guardare affascinato quelle pareti ammuffite e morte. Era evidente: cercava qualcosa, lì dentro.

– Forse è che la vita, alle volte, ti gira in un modo che non c'è proprio più niente da dire.

Disse.

– Più niente, per sempre.

Baldabiou non era molto tagliato per i discorsi seri. Stava fissando il letto di Jean Berbeck.

– Forse chiunque sarebbe ammutolito, con una casa così orrenda.

Hervé Joncour continuò per giorni a condurre una vita ritirata, facendosi vedere poco, in paese, e passando il suo tempo a lavorare al progetto del parco che prima o poi avrebbe costruito. Riempiva fogli e fogli di disegni strani, sembravano macchine. Una sera Hélène gli chiese

– Cosa sono?

– È una voliera.

– Una voliera?

– Sì.

– E a cosa serve?

Hervé Joncour teneva fissi gli occhi su quei disegni.

– Tu la riempi di uccelli, più che puoi, poi un giorno che ti succede qualcosa di felice la spalanchi, e li guardi volar via.

Alla fine di luglio Hervé Joncour partì, con la moglie, per Nizza. Si stabilirono in una piccola villa, in riva al mare. Così aveva voluto Hélène, convinta che la serenità di un rifugio appartato sarebbe riuscita a stemperare l'umore malinconico che sembrava essersi impossessato del marito. Aveva avuto l'accortezza, nondimeno, di farlo passare per un suo capriccio personale, regalando all'uomo che amava il piacere di perdonarglielo.

Trascorsero insieme tre settimane di piccola, inattaccabile felicità. Nelle giornate in cui il caldo si faceva più mite, noleggiavano una carrozza e si divertivano a scoprire i paesi nascosti sulle colline, dove il mare sembrava un fondale di carta colorata. Di tanto in tanto, si spingevano in città per un concerto o un'occasione mondana. Una sera accettarono l'invito di un barone italiano che festeggiava il suo sessantesimo compleanno con una solenne cena all'Hôtel Suisse. Erano al dessert quando accadde a Hervé Joncour di alzare lo sguardo verso Hélène. Era seduta dall'altra parte del tavolo, accanto a un seducente gentiluomo inglese che, curiosamente, sfoggiava sul risvolto del tight una coroncina di piccoli fiori blu. Hervé Joncour lo vide chinarsi verso Hélène e sussurrarle qualcosa all'orecchio. Hélène si mise a ridere, in un modo bellissimo, e ridendo si piegò leggermente verso il gentiluomo inglese arrivando a sfiorarne, coi suoi capelli, la spalla, in un gesto che non aveva nessun imbarazzo, ma solo una sconcertante esattezza. Hervé Joncour abbassò lo sguardo sul piatto. Non poté fare a meno di notare che la propria mano, stretta su un cucchiaino d'argento, stava indubitabilmente tremando.

Più tardi, nel fumoir, Hervé Joncour si avvicinò, barcollando per il troppo alcool bevuto, a un uomo che seduto, solo, al tavolo, guardava davanti a sé, con una vaga espressione ebete sul volto. Si chinò verso di lui e gli disse lentamente

– Devo comunicarvi una cosa molto importante, *monsieur*. Facciamo tutti schifo. Siamo tutti meravigliosi, e facciamo tutti schifo.

L'uomo veniva da Dresda. Trafficava in vitelli e capiva poco il francese. Scoppiò in una fragorosa risata facendo segno di sì col capo, ripetutamente: sembrava non la smettesse più.

Hervé Joncour e la moglie si trattennero in Riviera fino all'inizio di settembre. Lasciarono la piccola villa con rimpianto, giacché avevano sentito lieve, tra quelle mura, la sorte di amarsi.

Baldabiou arrivò alla casa di Hervé Joncour di primo mattino. Si sedettero sotto il porticato.

– Non è un granché come parco.

– Non ho ancora iniziato a costruirlo, Baldabiou.

– Ah, ecco.

Baldabiou non fumava mai, al mattino. Tirò fuori la pipa, la caricò e la accese.

– Ho conosciuto quel Pasteur. È uno in gamba. Mi ha fatto vedere. È in grado di riconoscere le uova malate da quelle sane. Non le sa curare, certo. Ma può isolare quelle sane. E dice che probabilmente un trenta per cento di quelle che produciamo lo sono.

Pausa.

– Dicono che in Giappone sia scoppiata la guerra, questa volta davvero. Gli inglesi danno le armi al governo, gli olandesi ai ribelli. Pare che siano d'accordo. Li fanno sfogare per bene e poi si prendono tutto e se lo dividono. Il consolato francese sta a guardare, quelli stanno sempre a guardare. Buoni solo a mandare dispacci che raccontano di massacri e di stranieri sgozzati come pecore.

Pausa.

– Ce n'è ancora di caffè?

Hervé Joncour gli versò del caffè.

Pausa.

– Quei due italiani, Ferreri e l'altro, quelli che sono andati in Cina, l'anno scorso... se ne sono tornati indietro con quindicimila once di uova, merce buona, l'hanno comprata anche quelli di Bollet, dicono che era roba di prima qualità. Fra un mese ripartono... ci hanno proposto un buon affare, fanno prezzi onesti, undici franchi l'oncia, tutto coperto da assicurazione. È gente seria, hanno un'organizzazione alle spalle, vendono uova a mezza Europa. Gente seria, ti dico.

Pausa.

– Io non so. Ma forse ce la potremmo fare. Con le nostre uova, col lavoro di Pasteur, e poi quel che possiamo comprare dai due italiani... ce la potremmo fare. Gli altri in paese dicono che è una follìa mandarti ancora laggiù... con tutto quel che costa... dicono che è troppo rischioso, e in questo hanno ragione, le altre volte era diverso, ma adesso... adesso è difficile tornare vivi da laggiù.

Pausa.

– Il fatto è che loro non vogliono perdere le uova. E io non voglio perdere te.

Hervé Joncour stette per un po' con lo sguardo puntato verso il parco che non c'era. Poi fece una cosa che non aveva mai fatto.

– Io andrò in Giappone, Baldabiou.

Disse.

– Io comprerò quelle uova, e se è necessario lo farò col mio denaro. Tu devi solo decidere se le venderò a voi, o a qualcun altro.

Baldabiou non se l'aspettava. Era come vedere vincere il monco, all'ultimo colpo, quattro sponde, una geometria impossibile.

Baldabiou comunicò agli allevatori di Lavilledieu che Pasteur era inattendibile, che quei due italiani avevano già truffato mezza Europa, che in Giappone la guerra sarebbe finita prima dell'inverno e che Sant'Agnese, in sogno, gli aveva chiesto se non erano tutti quanti un branco di cagasotto. Solo a Hélène non riuscì a mentire.

– È proprio necessario che parta, Baldabiou?

– No.

– E allora perché?

– Io non posso fermarlo. E se lui vuole andare laggiù, io posso solo dargli una ragione in più per tornare.

Tutti gli allevatori di Lavilledieu versarono, pur contro voglia, la loro quota per finanziare la spedizione. Hervé Joncour iniziò i preparativi, e ai primi di ottobre fu pronto per partire. Hélène, come tutti gli anni, lo aiutò, senza chiedergli niente, e nascondendogli qualsiasi sua inquietudine. Solo l'ultima sera, dopo aver spento la lampada, trovò la forza per dirgli

– Promettimi che tornerai.

Con voce ferma, senza dolcezza.

– Promettimi che tornerai.

Nel buio, Hervé Joncour rispose

– Te lo prometto.

Il 10 ottobre 1864, Hervé Joncour partì per il suo quarto viaggio in Giappone. Varcò il confine francese vicino a Metz, attraversò il Württemberg e la Baviera, entrò in Austria, raggiunse in treno Vienna e Budapest per poi proseguire fino a Kiev. Percorse a cavallo duemila chilometri di steppa russa, superò gli Urali, entrò in Siberia, viaggiò per quaranta giorni fino a raggiungere il lago Bajkal, che la gente del luogo chiamava: il santo. Ridiscese il corso del fiume Amur, costeggiando il confine cinese fino all'Oceano, e quando arrivò all'Oceano si fermò nel porto di Sabirk per otto giorni, finché una nave di contrabbandieri olandesi non lo portò a Capo Teraya, sulla costa ovest del Giappone. A cavallo, percorrendo strade secondarie, attraversò le province di Ishikawa, Toyama, Niigata, ed entrò in quella di Fukushima. Quando giunse a Shirakawa trovò la città semidistrutta, e una guarnigione di soldati governativi accampata tra le macerie. Aggirò la città dal lato est e attese invano per cinque giorni l'emissario di Hara Kei. All'alba del sesto giorno partì verso le colline, in direzione nord. Aveva poche carte, approssimative, e quel che gli rimaneva dei suoi ricordi. Vagò per giorni, fino a quando non riconobbe un fiume, e poi un bosco, e poi una strada. Alla fine della strada trovò il villaggio di Hara Kei: completamente bruciato: case, alberi, tutto.

Non c'era più niente.

Non c'era anima viva.

Hervé Joncour rimase immobile, a guardare quell'enorme braciere spento. Aveva dietro di sé una strada lunga ottomila chilometri. E davanti a sé il nulla. Improvvisamente vide ciò che pensava invisibile.

La fine del mondo.

Hervé Joncour rimase per ore tra le rovine del villaggio. Non riusciva ad andarsene benché sapesse che ogni ora, persa lì, poteva significare il disastro per lui, e per tutta Lavilledieu: non aveva uova di baco, con sé, e anche se le avesse trovate non gli restavano che un paio di mesi per attraversare il mondo prima che si schiudessero, per strada, trasformandosi in un cumulo di inutili larve. Anche un solo giorno di ritardo poteva significare la fine. Lo sapeva, eppure non riusciva ad andarsene. Così rimase lì finché non accadde una cosa sorprendente e irragionevole: dal nulla, tutt'a un tratto, comparve un ragazzino. Vestito di stracci, camminava lento, fissando lo straniero con la paura negli occhi. Hervé Joncour non si mosse. Il ragazzino fece ancora qualche passo avanti, e si fermò. Rimasero a guardarsi, a pochi metri uno dall'altro. Poi il ragazzino prese qualcosa da sotto gli stracci e tremando di paura si avvicinò a Hervé Joncour e glielo porse. Un guanto. Hervé Joncour rivide la riva di un lago, e un vestito arancione abbandonato per terra, e le piccole onde che posavano l'acqua sulla sponda, come spedite, lì, da lontano. Prese il guanto e sorrise al ragazzino.

– Sono io, il francese... l'uomo della seta, il francese, mi capisci?... sono io.

Il ragazzino smise di tremare.

– Francese...

Aveva gli occhi lucidi, ma rideva. Iniziò a parlare, veloce, quasi gridando, e a correre, facendo segno a Hervé Joncour di seguirlo. Sparì in un sentiero che entrava nel bosco, in direzione delle montagne.

Hervé Joncour non si mosse. Rigirava tra le mani quel guanto, come se fosse l'unica cosa rimastagli di un mondo sparito. Sapeva che era troppo tardi ormai. E che non aveva scelta.

Si alzò. Lentamente si avvicinò al cavallo. Salì in sella. Poi fece una cosa strana. Strinse i talloni contro il ventre dell'animale. E partì. Verso il bosco, dietro il ragazzino, oltre la fine del mondo.

45.

Viaggiarono per giorni, verso nord, sulle montagne. Hervé Joncour non sapeva dove stessero andando: ma lasciò che il ragazzino lo guidasse, senza provare a chiedergli niente. Incontrarono due villaggi. La gente si nascondeva nelle case. Le donne scappavano via. Il ragazzino si divertiva come un matto a gridargli dietro cose incomprensibili. Non aveva più di quattordici anni. Soffiava in continuazione dentro un piccolo strumento di canna, da cui tirava fuori i versi di tutti gli uccelli del mondo. Aveva l'aria di fare la cosa più bella della sua vita.

Il quinto giorno arrivarono sulla cima di un colle. Il ragazzino indicò un punto, davanti a loro, sulla strada che scendeva a valle. Hervé Joncour prese il cannocchiale e quel che vide fu una specie di corteo: uomini armati, donne e bambini, carri, animali. Un intero villaggio: in cammino. A cavallo, vestito di nero, Hervé Joncour vide Hara Kei. Dietro di lui oscillava una portantina chiusa ai quattro lati da stoffe dai colori sgargianti.

Il ragazzino scese da cavallo, disse qualcosa e se ne scappò via. Prima di sparire tra gli alberi si voltò e per un attimo rimase lì, cercando un gesto per dire che era stato un viaggio bellissimo.

– È stato un viaggio bellissimo – gli gridò Hervé Joncour.

Per tutto il giorno Hervé Joncour seguì, da lontano, la carovana. Quando la vide fermarsi per la notte, continuò lungo la strada finché gli vennero incontro due uomini armati che gli presero il cavallo e i bagagli e lo condussero in una tenda. Attese a lungo, poi Hara Kei arrivò. Non fece un cenno di saluto. Non si sedette neppure.

– Come siete arrivato qui, francese?

Hervé Joncour non rispose.

– Vi ho chiesto chi vi ha portato qui.

Silenzio.

– Qui non c'è niente per voi. C'è solo guerra. E non è la vostra guerra. Andatevene.

Hervé Joncour tirò fuori una piccola borsa di pelle, la aprì e la svuotò per terra. Scaglie d'oro.

– La guerra è un gioco caro. Voi avete bisogno di me. Io ho bisogno di voi.

Hara Kei non guardò neppure l'oro sparso per terra. Si voltò e se ne andò.

Hervé Joncour passò la notte ai margini del campo. Nessuno gli parlò, nessuno sembrava vederlo.
Dormivano tutti per terra, accanto ai fuochi. C'erano
solo due tende. Di fianco a una, Hervé Joncour vide la
portantina, vuota: appese ai quattro angoli c'erano delle piccole gabbie: uccelli. Dalle maglie delle gabbie
pendevano minuscoli campanelli d'oro. Suonavano,
leggeri, nella brezza della notte.

Quando si svegliò, vide attorno a sé il villaggio che stava per rimettersi in cammino. Non c'erano più tende. La portantina era ancora là, aperta. La gente saliva sui carri, silenziosa. Si alzò, e si guardò intorno a lungo, ma erano solo occhi dal taglio orientale quelli che incrociavano i suoi, e subito si abbassavano. Vide uomini armati e bambini che non piangevano. Vide le facce mute che ha la gente quando è gente in fuga. E vide un albero, sul bordo della strada. E appeso a un ramo, impiccato, il ragazzino che lo aveva portato fin lì.

Hervé Joncour si avvicinò e per un po' rimase a guardarlo, come ipnotizzato. Poi sciolse la corda legata all'albero, raccolse il corpo del ragazzino, lo posò a terra e gli si inginocchiò accanto. Non riusciva a staccare gli occhi da quel volto. Così non vide il villaggio mettersi in cammino, ma solo sentì, come lontano, il rumore di quella processione che lo sfiorava, risalendo la strada. Non alzò lo sguardo neppure quando sentì la voce di Hara Kei, a un passo da lui, che diceva

– Il Giappone è un Paese antico, sapete? La sua legge è antica: dice che ci sono dodici crimini per cui è lecito condannare a morte un uomo. E uno è portare un messaggio d'amore della propria padrona.

Hervé Joncour non staccò gli occhi da quel ragazzino ammazzato.

– Non aveva messaggi d'amore con sé.

– Lui *era* un messaggio d'amore.

Hervé Joncour sentì qualcosa premere sulla sua testa, e piegargli il capo verso terra.

– È un fucile, francese. Non alzate lo sguardo, vi prego.

Hervé Joncour non capì subito. Poi sentì, nel fruscio di quella processione in fuga, il suono dorato di mille minuscoli campanelli che si avvicinava, a poco a poco, risaliva la strada verso di lui, passo dopo passo, e benché nei suoi occhi ci fosse soltanto quella terra scura, poteva immaginarla, la portantina, oscillare come un pendolo, e quasi vederla, risalire la via, metro dopo metro, avvicinarsi, lenta ma implacabile, portata da quel suono che diventava sempre più forte, intollerabilmente forte, sempre più vicino, così vicino da sfiorarlo, un dorato frastuono, proprio davanti a lui, ormai, esattamente davanti a lui – in quel momento – quella donna – davanti a lui.

Hervé Joncour alzò il capo.

Stoffe meravigliose, seta, tutt'intorno alla portantina, mille colori, arancio, bianco, ocra, argento, non una feritoia in quel nido meraviglioso, solo il fruscio di quei colori a ondeggiare nell'aria, impenetrabili, più leggeri del nulla.

Hervé Joncour non sentì un'esplosione sfasciargli la vita. Sentì quel suono allontanarsi, la canna del fucile staccarsi da lui e la voce di Hara Kei dire piano

– Andatevene, francese. E non tornate mai più.

49.

Solamente silenzio, lungo la strada. Il corpo di un ragazzino, per terra. Un uomo inginocchiato. Fino alle ultime luci del giorno.

50.

Hervé Joncour ci mise undici giorni a raggiungere Yokohama. Corruppe un funzionario giapponese e si procurò sedici cartoni di uova di baco, provenienti dal sud dell'isola. Li avvolse in panni di seta e li sigillò in quattro scatole di legno, rotonde. Trovò un imbarco per il continente, e ai primi di marzo giunse sulla costa russa. Scelse la via più a nord, cercando il freddo per bloccare la vita delle uova e allungare il tempo che mancava prima che si schiudessero. Attraversò a tappe forzate quattromila chilometri di Siberia, varcò gli Urali e giunse a San Pietroburgo. Comprò a peso d'oro quintali di ghiaccio e li caricò, insieme alle uova, nella stiva di un mercantile diretto ad Amburgo. Ci mise sei giorni ad arrivare. Scaricò le quattro scatole di legno, rotonde, e salì su un treno diretto al sud. Dopo undici ore di viaggio, appena usciti da un paese che si chiamava Eberfeld, il treno si fermò per fare scorta d'acqua. Hervé Joncour si guardò attorno. Picchiava un sole estivo sui campi di grano, e su tutto il mondo. Seduto di fronte a lui c'era un commerciante russo: si era tolto le scarpe e si faceva aria con l'ultima pagina di un giornale scritto in tedesco. Hervé Joncour si mise a fissarlo. Vide le macchie di sudore sulla sua camicia e le gocce che gli imperlavano la fronte e il collo. Il russo disse qualcosa, ridendo. Hervé Joncour gli sorrise, si alzò, prese i bagagli e scese dal treno. Lo risalì fino all'ultimo vagone, un carro merci che trasportava pesci e carni, conservate nel ghiaccio. Colava acqua come un catino crivellato da mille proiettili. Aprì il portellone, salì sul carro, e una dopo l'altra prese le sue scatole di legno, rotonde, le portò fuori e le posò per terra, di fianco ai binari. Poi richiuse il portellone, e si mise ad aspettare. Quando il treno fu pronto per partire gli urlarono di sbrigarsi e di salire. Lui rispose scuotendo il capo, e accennando un gesto di saluto. Vide il treno allontanarsi, e poi sparire. Aspettò di non sentirne neppure più il rumore. Poi si chinò su una delle scatole di legno, tolse i sigilli e la aprì. Fece lo stesso con le altre tre. Lentamente, con cura.

Milioni di larve. Morte.

Era il 6 maggio 1865.

51.

Hervé Joncour entrò a Lavilledieu nove giorni più tardi. Sua moglie Hélène vide da lontano la carrozza risalire il viale alberato della villa. Si disse che non doveva piangere e che non doveva fuggire.

Scese fino alla porta di ingresso, la aprì e si fermò sulla soglia.

Quando Hervé Joncour le arrivò vicino, sorrise. Lui, abbracciandola, le disse piano

– Resta con me, ti prego.

La notte rimasero svegli fino a tardi, seduti nel prato davanti alla casa, uno accanto all'altra. Hélène raccontò di Lavilledieu, e di tutti quei mesi passati ad aspettare, e degli ultimi giorni, orribili.

– Tu eri morto.

Disse.

– E non c'era più niente di bello, al mondo.

Nelle cascine, a Lavilledieu, la gente guardava i gelsi, carichi di foglie, e vedeva la propria rovina. Baldabiou aveva trovato alcune partite di uova, ma le larve morivano appena venivano alla luce. La seta grezza che si riuscì a ricavare dalle poche sopravvissute bastava appena a dare lavoro a due delle sette filande del paese.

– Hai qualche idea? – chiese Baldabiou.

– Una – rispose Hervé Joncour.

Il giorno dopo comunicò che avrebbe fatto costruire, in quei mesi d'estate, il parco della sua villa. Assoldò uomini e donne, in paese, a decine. Disboscarono la collina e ne smussarono il profilo, rendendo più mite la pendenza che portava a valle. Con alberi e siepi disegnarono sulla terra labirinti lievi e trasparenti. Con fiori di ogni tipo costruirono giardini che si aprivano come radure, a sorpresa, nel cuore di piccoli boschi di betulle. Fecero arrivare l'acqua, dal fiume, e la fecero scendere, di fontana in fontana, fino al limite occidentale del parco, dove si raccoglieva in un piccolo lago, circondato da prati. A sud, in mezzo ai limoni e agli ulivi, costruirono una grande voliera, fatta di legno e ferro, sembrava un ricamo sospeso nell'aria.

Lavorarono per quattro mesi. Alla fine di settembre il parco fu pronto. Nessuno, a Lavilledieu, aveva mai visto niente di simile. Dicevano che Hervé Joncour ci aveva speso tutto il suo capitale. Dicevano anche che era tornato diverso, forse malato, dal Giappone. Dicevano che aveva venduto le uova agli italiani e adesso aveva un patrimonio in oro che lo aspettava nelle banche di Parigi. Dicevano che se non fosse stato per il suo parco sarebbero morti di fame, quell'anno. Dicevano che era un truffatore. Dicevano che era un santo. Qualcuno diceva: ha qualcosa addosso, come una specie di infelicità.

Tutto ciò che Hervé Joncour disse, sul suo viaggio, fu che le uova si erano dischiuse in un paese vicino a Colonia, e che il paese si chiamava Eberfeld.

Quattro mesi e tredici giorni dopo il suo ritorno, Baldabiou si sedette davanti a lui, sulla riva del lago, al limite occidentale del parco, e gli disse

– Tanto a qualcuno la dovrai raccontare, prima o poi, la verità.

Lo disse piano, con fatica, perché non credeva, mai, che la verità servisse a qualcosa.

Hervé Joncour alzò lo sguardo verso il parco.

C'era autunno e luce falsa, tutt'intorno.

– La prima volta che vidi Hara Kei indossava una tunica scura, stava seduto a gambe incrociate, immobile, in un angolo della stanza. Sdraiata accanto a lui, col capo appoggiato sul suo grembo, c'era una donna. I suoi occhi non avevano un taglio orientale, e il suo volto era il volto di una ragazzina.

Baldabiou stette ad ascoltare, in silenzio, fino all'ultimo, fino al treno di Eberfeld.

Non pensava nulla.

Ascoltava.

Gli fece male sentire, alla fine, Hervé Joncour dire piano

– Non ho mai sentito nemmeno la sua voce.

E dopo un po':

– È uno strano dolore.

Piano.

– Morire di nostalgia per qualcosa che non vivrai mai.

Risalirono il parco camminando uno accanto all'altro. L'unica cosa che Baldabiou disse fu

– Ma perché diavolo fa questo freddo porco?

Lo disse a un certo punto.

All'inizio del nuovo anno – 1866 – il Giappone re-
se ufficialmente lecita l'esportazione di uova di bachi
da seta.

Nel decennio seguente la Francia, da sola, sarebbe
arrivata ad importare uova giapponesi per dieci milioni di franchi.

Dal 1869, con l'apertura del Canale di Suez, arrivare in Giappone, peraltro, avrebbe comportato non
più di venti giorni di viaggio. E poco meno di venti
giorni, tornare.

La seta artificiale sarebbe stata brevettata, nel
1884, da un francese che si chiamava Chardonnet.

Sei mesi dopo il suo ritorno a Lavilledieu, Hervé Joncour ricevette per posta una busta color senape. Quando la aprì, vi trovò sette fogli di carta, coperti da una fitta e geometrica scrittura: inchiostro nero: ideogrammi giapponesi. A parte il nome e l'indirizzo sulla busta, non c'era una sola parola scritta in caratteri occidentali. Dai timbri, la lettera sembrava provenire da Ostenda.

Hervé Joncour la sfogliò e la osservò a lungo. Sembrava un catalogo di orme di piccoli uccelli, compilato con meticolosa follìa. Era sorprendente pensare che erano invece segni, e cioè cenere di una voce bruciata.

Per giorni e giorni Hervé Joncour si tenne la lettera addosso, piegata in due, messa in tasca. Se cambiava vestito, la spostava in quello nuovo. Non la aprì mai per guardarla. Ogni tanto se la rigirava in mano, mentre parlava con un mezzadro, o aspettava che arrivasse l'ora di cena seduto sulla veranda. Una sera si mise a osservarla contro la luce della lampada, nel suo studio. In trasparenza, le orme dei minuscoli uccelli parlavano con voce sfocata. Dicevano qualcosa di assolutamente insignificante o qualcosa capace di scardinare una vita: non era possibile saperlo, e questo piaceva a Hervé Joncour. Sentì arrivare Hélène. Posò la lettera sul tavolo. Lei si avvicinò e come tutte le sere, prima di ritirarsi nella sua stanza, fece per baciarlo. Quando si chinò su di lui, la camicia da notte le si aprì di un nulla, sul petto. Hervé Joncour vide che non aveva niente, sotto, e che i suoi seni erano piccoli e candidi come quelli di una ragazzina.

Per quattro giorni continuò a fare la sua vita, senza mutare nulla nei riti prudenti delle sue giornate. La mattina del quinto giorno indossò un elegante completo grigio e partì per Nîmes. Disse che sarebbe tornato prima di sera.

In rue Moscat, al 12, tutto era uguale a tre anni prima. La festa non era ancora finita. Le ragazze erano tutte giovani e francesi. Il pianista suonava, con la sordina, motivi che sapevano di Russia. Forse era la vecchiaia, forse qualche dolore vigliacco: alla fine di ogni pezzo non si passava più la mano destra tra i capelli e non mormorava, piano,
 – Voilà.
Rimaneva muto, a guardarsi sconcertato le mani.

Madame Blanche lo accolse senza una parola. I capelli neri, lucidi, il volto orientale, perfetto. Piccoli fiori blu alle dita, come fossero anelli. Una veste lunga, bianca, quasi trasparente. Piedi nudi.

Hervé Joncour si sedette di fronte a lei. Sfilò da una tasca la lettera.

– Vi ricordate di me?

Madame Blanche annuì con un millimetrico cenno del capo.

– Ho di nuovo bisogno di voi.

Le porse la lettera. Lei non aveva nessuna ragione per farlo, ma la prese e la aprì. Guardò i sette fogli, uno ad uno, poi alzò lo sguardo verso Hervé Joncour.

– Io non amo questa lingua, *monsieur*. La voglio dimenticare, e voglio dimenticare quella terra, e la mia vita laggiù, e tutto.

Hervé Joncour rimase immobile, con le mani strette sui braccioli della sua poltrona.

– Io leggerò per voi questa lettera. Io lo farò. E non voglio denaro. Ma voglio una promessa: non tornate mai più a chiedermi questo.

– Ve lo prometto, *madame*.

Lei lo guardò fisso negli occhi. Poi abbassò lo sguar-

do sulla prima pagina della lettera, carta di riso, inchiostro nero.

    – *Mio signore amato*

    Disse

    – *non aver paura, non muoverti, resta in silenzio,*
nessuno ci vedrà.

Rimani così, ti voglio guardare, io ti ho guardato tanto ma non eri per me, adesso sei per me, non avvicinarti, ti prego, resta come sei, abbiamo una notte per noi, e io voglio guardarti, non ti ho mai visto così, il tuo corpo per me, la tua pelle, chiudi gli occhi, e accarézzati, ti prego,

disse Madame Blanche, Hervé Joncour ascoltava, *non aprire gli occhi se puoi, e accarézzati, sono così belle le tue mani, le ho sognate tante volte adesso le voglio vedere, mi piace vederle sulla tua pelle, così, ti prego continua, non aprire gli occhi, io sono qui, nessuno ci può vedere e io sono vicina a te, accarézzati signore amato mio, accarezza il tuo sesso, ti prego, piano,*

lei si fermò, Continuate, vi prego, lui disse, *è bella la tua mano sul tuo sesso, non smettere, a me piace guardarla e guardarti, signore amato mio, non aprire gli occhi, non ancora, non devi aver paura son vicina a te, mi senti? sono qui, ti posso sfiorare, è seta questa, la senti?, è la seta del mio vestito, non aprire gli occhi e avrai la mia pelle,*

lei disse, leggeva piano, con una voce da donna bambina,

avrai le mie labbra, quando ti toccherò per la prima volta sarà con le mie labbra, tu non saprai dove, a un certo punto sentirai il calore delle mie labbra, addosso, non puoi sapere dove se non apri gli occhi, non aprirli, sentirai la mia bocca dove non sai, d'improvviso,

lui ascoltava immobile, dal taschino del completo grigio spuntava un fazzoletto bianco, candido,

forse sarà nei tuoi occhi, appoggerò la mia bocca sulle palpebre e le ciglia, sentirai il calore entrare nella tua testa, e le mie labbra nei tuoi occhi, dentro, o forse sarà sul tuo sesso, appoggerò le mie labbra, laggiù, e le schiuderò scendendo a poco a poco,

lei disse, aveva il capo piegato sui fogli, e una mano a sfiorarsi il collo, lentamente,

lascerò che il tuo sesso socchiuda la mia bocca, entrando tra le mie labbra, e spingendo la mia lingua, la mia saliva scenderà lungo la tua pelle fin nella tua mano, il mio bacio e la tua mano, uno dentro l'altra, sul tuo sesso,

lui ascoltava, teneva lo sguardo fisso su una cornice d'argento, vuota, appesa al muro,

finché alla fine ti bacerò sul cuore, perché ti voglio, morderò la pelle che batte sul tuo cuore, perché ti voglio, e con il cuore tra le mie labbra tu sarai mio, davvero, con la mia bocca nel cuore tu sarai mio, per sempre, se non mi credi apri gli occhi signore amato mio e guardami, sono io, chi potrà mai cancellare questo istante che accade, e questo mio corpo senza più seta, le tue mani che lo toccano, i tuoi occhi che lo guardano,

lei disse, si era chinata verso la lampada, la luce batteva sui fogli e passava attraverso la sua veste trasparente,

le tue dita nel mio sesso, la tua lingua sulle mie labbra, tu che scivoli sotto di me, prendi i miei fianchi, mi sollevi, mi lasci scivolare sul tuo sesso, piano, chi potrà cancellare questo, tu dentro di me a muoverti adagio, le tue mani sul mio volto, le tue dita nella mia bocca, il piacere nei tuoi occhi, la tua voce, ti muovi adagio ma fino a farmi male, il mio piacere, la mia voce, lui ascoltava, a un certo punto si voltò a guardarla, la vide, voleva abbassare gli occhi ma non ci riuscì, *il mio corpo sul tuo, la tua schiena che mi solleva, le tue braccia che non mi lasciano andare, i colpi dentro di me, è violenza dolce, vedo i tuoi occhi cercare nei miei, vogliono sapere fino a dove farmi male, fino a dove vuoi, signore amato mio, non c'è fine, non finirà, lo vedi? nessuno potrà cancellare questo istante che accade, per sempre getterai la testa all'indietro, gridando, per sempre chiuderò gli occhi staccando le lacrime dalle mie ciglia, la mia voce dentro la tua, la tua violenza a tenermi stretta, non c'è più tempo per fuggire e forza per resistere, doveva essere questo istante, e questo istante è, credimi, signore amato mio, quest'istante sarà, da adesso in poi, sarà, fino alla fine,*

lei disse, con un filo di voce, poi si fermò.

Non c'erano altri segni, sul foglio che aveva in mano: l'ultimo. Ma quando lo girò per posarlo vide sul retro alcune righe ancora, ordinate, inchiostro nero nel centro della pagina bianca. Alzò lo sguardo su Hervé Joncour. I suoi occhi la fissavano, e lei capì che erano occhi bellissimi. Riabbassò lo sguardo sul foglio.

– *Noi non ci vedremo più, signore.*

Disse.

– *Quel che era per noi, l'abbiamo fatto, e voi lo sapete. Credetemi: l'abbiamo fatto per sempre. Serbate la vostra vita al riparo da me. E non esitate un attimo, se sarà utile per la vostra felicità, a dimenticare questa donna che ora vi dice, senza rimpianto, addio.*

Rimase per un po' a guardare il foglio, poi lo pose sugli altri, accanto a sé, su un tavolino di legno chiaro. Hervé Joncour non si mosse. Solo girò il capo e abbassò gli occhi. Si trovò a fissare la piega dei pantaloni, appena accennata ma perfetta, sulla gamba destra, dall'inguine al ginocchio, imperturbabile.

Madame Blanche si alzò, si chinò sulla lampada e la spense. Nella stanza rimase la poca luce che dal salone, attraverso la finestra, arrivava fin lì. Si avvicinò a Hervé Joncour, si sfilò dalle dita un anello di minuscoli fiori blu e lo appoggiò accanto a lui. Poi attraversò la stanza, aprì una piccola porta dipinta, nascosta nella parete, e sparì, lasciandola socchiusa, dietro di sé.

Hervé Joncour rimase a lungo in quella strana luce, a rigirare fra le dita un anello di minuscoli fiori blu. Arrivavano dal salone le note di un pianoforte stanco: scioglievano il tempo, che quasi non lo riconoscevi più.

Alla fine si alzò, si avvicinò al tavolino di legno chiaro, raccolse i sette fogli di carta di riso. Attraversò la stanza, passò senza voltarsi davanti alla piccola porta socchiusa, e se ne andò.

Hervé Joncour trascorse gli anni che seguirono scegliendo per sé la vita limpida di un uomo senza più necessità. Passava i suoi giorni sotto la tutela di una misurata emozione. A Lavilledieu la gente tornò ad ammirarlo, perché in lui pareva loro di vedere un modo *esatto* di stare al mondo. Dicevano che era così anche da giovane, prima del Giappone.

Con sua moglie Hélène prese l'abitudine di compiere, ogni anno, un piccolo viaggio. Videro Napoli, Roma, Madrid, Monaco, Londra. Un anno si spinsero fino a Praga, dove tutto sembrava: teatro. Viaggiavano senza date e senza programmi. Tutto li stupiva: in segreto, anche la loro felicità. Quando sentivano nostalgia del silenzio, tornavano a Lavilledieu.

Se gliel'avessero chiesto, Hervé Joncour avrebbe risposto che sarebbero vissuti così, per sempre. Aveva con sé l'inattaccabile quiete degli uomini che si sentono al loro posto. Ogni tanto, nelle giornate di vento, scendeva attraverso il parco fino al lago, e si fermava per ore, sulla riva, a guardare la superficie dell'acqua incresparsi formando figure imprevedibili che luccicavano a caso, in tutte le direzioni. Era uno solo, il vento: ma su quello specchio d'acqua, sembravano mille, a soffiare. Da ogni parte. Uno spettacolo. Lieve e inspiegabile.

Ogni tanto, nelle giornate di vento, Hervé Joncour scendeva fino al lago e passava ore a guardarlo, giacché, disegnato sull'acqua, gli pareva di vedere l'inspiegabile spettacolo, lieve, che era stata la sua vita.

Il 16 giugno 1871, nel retro del caffè di Verdun, poco prima di mezzogiorno, il monco azzeccò un quattro sponde irragionevole, effetto a rientrare. Baldabiou rimase chino sul tavolo, una mano dietro la schiena, l'altra a stringere la stecca, incredulo.

– Ma dài.

Si alzò, posò la stecca e uscì senza salutare. Tre giorni dopo partì. Regalò le sue due filande a Hervé Joncour.

– Non ne voglio più sapere di seta, Baldabiou.

– Vendile, idiota.

Nessuno riuscì a scucirgli dove diavolo avesse in mente di andare. E a farci cosa, poi. Lui disse soltanto qualcosa su Sant'Agnese che nessuno capì bene.

Il mattino in cui partì, Hervé Joncour lo accompagnò, insieme a Hélène, fino alla stazione ferroviaria di Avignon. Aveva con sé una sola valigia, e anche questo era discretamente inspiegabile. Quando vide il treno, fermo al binario, posò la valigia per terra.

– Una volta ho conosciuto uno che si era fatto costruire una ferrovia tutta per lui.

Disse.

– E il bello è che se l'era fatta fare tutta diritta, centinaia di chilometri senza una curva. C'era anche un perché, ma non me lo ricordo. Non si ricordano mai i perché. Comunque: addio.

Non era molto tagliato, per i discorsi seri. E un addio è un discorso serio.

Lo videro allontanarsi, lui e la sua valigia, per sempre.

Allora Hélène fece una cosa strana. Si staccò da Hervé Joncour e gli corse dietro, fino a raggiungerlo, e lo abbracciò, forte, e mentre lo abbracciava scoppiò a piangere.

Non piangeva mai, Hélène.

Hervé Joncour vendette a prezzo ridicolo le due filande a Michel Lariot, un buon uomo che per vent'anni aveva giocato a domino, ogni sabato sera, con Baldabiou, perdendo sempre, con granitica coerenza. Aveva tre figlie. Le prime due si chiamavano Florence e Sylvie. Ma la terza: Agnese.

62.

Tre anni dopo, nell'inverno del 1874, Hélène si ammalò di una febbre cerebrale che nessun medico riuscì a spiegare, né a curare. Morì agli inizi di marzo, un giorno che pioveva.

Ad accompagnarla, in silenzio, su per il viale del cimitero, venne tutta Lavilledieu: perché era una donna lieta, che non aveva seminato dolore.

Hervé Joncour fece scolpire sulla sua tomba una sola parola.

Hélas.

Ringraziò tutti, disse mille volte che non gli serviva nulla, e ritornò nella sua casa. Mai gli era sembrata così grande: e mai così illogico il suo destino.

Poiché la disperazione era un eccesso che non gli apparteneva, si chinò su quanto era rimasto della sua vita, e riiniziò a prendersene cura, con l'incrollabile tenacia di un giardiniere al lavoro, il mattino dopo il temporale.

63.

Due mesi e undici giorni dopo la morte di Hélène accadde a Hervé Joncour di recarsi al cimitero, e di trovare, accanto alle rose che ogni settimana deponeva sulla tomba della moglie, una coroncina di minuscoli fiori blu. Si chinò a osservarli, e a lungo rimase in quella posizione, che da lontano non avrebbe mancato di risultare, agli occhi di eventuali testimoni, affatto singolare, se non addirittura ridicola. Tornato a casa, non uscì a lavorare nel parco, come era sua consuetudine, ma rimase nel suo studio, a pensare. Non fece altro, per giorni. Pensare.

In rue Moscat, al 12, trovò l'atelier di un sarto. Gli dissero che Madame Blanche non viveva più lì da anni. Riuscì a sapere che si era trasferita a Parigi, dov'era diventata la mantenuta di un uomo molto importante, forse un politico.

Hervé Joncour andò a Parigi.

Ci mise sei giorni a scoprire dove viveva. Le inviò un biglietto, chiedendole di essere ricevuto. Lei gli rispose che lo aspettava, alle quattro del giorno dopo. Puntuale, lui salì al secondo piano di un elegante palazzo in boulevard des Capucines. Gli aprì la porta una cameriera. Lo introdusse nel salotto e lo pregò di accomodarsi. Madame Blanche arrivò vestita di un abito molto elegante e molto francese. Aveva i capelli che le scendevano sulle spalle, come voleva la moda parigina. Non aveva anelli di fiori blu, nelle dita. Si sedette di fronte a Hervé Joncour, senza una parola. E rimase ad aspettare.

Lui la guardò negli occhi. Ma come avrebbe potuto farlo un bambino.

– L'avete scritta voi, vero, quella lettera?

Disse.

– Hélène vi ha chiesto di scriverla e voi l'avete fatto.

Madame Blanche rimase immobile, senza abbassare lo sguardo, senza tradire il minimo stupore.

Poi quel che disse fu

– Non sono stata io, a scriverla.

Silenzio.

– Quella lettera la scrisse Hélène.

Silenzio.

– L'aveva già scritta quando venne da me. Mi chiese di copiarla, in giapponese. E io lo feci. È la verità.

Hervé Joncour capì in quell'istante che avrebbe continuato a sentire quelle parole per tutta la vita. Si alzò, ma rimase fermo, in piedi, come se avesse d'improvviso dimenticato dove stava andando. Gli arrivò come da lontano la voce di Madame Blanche.

– Volle anche leggermela, quella lettera. Aveva una voce bellissima. E leggeva quelle parole con un'emozione che non sono mai riuscita a dimenticare. Era come se fossero, davvero, sue.

Hervé Joncour stava attraversando la stanza, a passi lentissimi.

– Sapete, *monsieur*, io credo che lei avrebbe desiderato, più di ogni altra cosa, *essere quella donna*. Voi non lo potete capire. Ma io l'ho sentita leggere quella lettera. Io so che è così.

Hervé Joncour era arrivato davanti alla porta. Appoggiò la mano sulla maniglia. Senza voltarsi, disse piano

– Addio, *madame*.

Non si videro mai più.

Hervé Joncour visse ancora ventitré anni, la maggior parte dei quali in serenità e buona salute. Non si allontanò più da Lavilledieu, né abbandonò, mai, la sua casa. Amministrava saggiamente i suoi averi, e ciò lo tenne per sempre al riparo da qualsiasi lavoro che non fosse la cura del proprio parco. Col tempo iniziò a concedersi un piacere che prima si era sempre negato: a coloro che andavano a trovarlo, raccontava dei suoi viaggi. Ascoltandolo, la gente di Lavilledieu imparava il mondo e i bambini scoprivano cos'era la meraviglia. Lui raccontava piano, guardando nell'aria cose che gli altri non vedevano.

La domenica si spingeva in paese, per la Messa grande. Una volta l'anno faceva il giro delle filande, per toccare la seta appena nata. Quando la solitudine gli stringeva il cuore, saliva al cimitero, a parlare con Hélène. Il resto del suo tempo lo consumava in una liturgia di abitudini che riuscivano a difenderlo dall'infelicità. Ogni tanto, nelle giornate di vento, scendeva fino al lago e passava ore a guardarlo, giacché, disegnato sull'acqua, gli pareva di vedere l'inspiegabile spettacolo, lieve, che era stata la sua vita.